15

민들레, 민들레꽃 하고 부르면
그리움으로 다가오는 금빛 메아리
눈 총총타, 귀 쟁쟁타

over a wall
poetry
15

포 공 영 시집

민들레, 민들레꽃 하고 부르면
그리움으로 다가오는 금빛 메아리
눈 총총타, 귀 쟁쟁타

담장너머

존재의 무게가

천근은 되어야 하는데

백근은 되어야 하는데

서근은 되어야 하는데

몸과 마음을 다 합쳐도 한 근도 안 되는 사람

생각하는 것도 너무 가볍고

처신하는 것도 너무 가볍고 가벼워

흘겨보는 눈길에 풀잎처럼 떨립니다

머리카락 흔드는 실바람에도

이러저리 넋 놓고 출렁입니다

나는, 나는 뜨거운 세상

노래하고 춤추는 삐에로

- 포공영 -

내 시를 읽는 독자를 위하여

거친 파도를 잠재우는 시 쓰고 싶다
아니, 고요를 깨뜨리는 설렘의 시 쓰고 싶다
풀과 나무, 돌과 바람, 물과 구름의 생각을
개미와 풀무치, 비둘기와 다람쥐, 사슴의 속마음을
하얀 백지에 아름답게 그려 넣고 싶다
시집의 행간에 텃밭 일구며 생을 보듬는
책벌레 같은 미물의 삶일지라도
사람과 그 존재의 무게는 먼지의 차이라 생각하지만
내 마음 평등의 밭에서 자라나는 시는 언제나
들판이기보다 높고 낮은 산이었으며
고요이기보다 슬픔의 비바람 불고 눈보라 쳤다
이제, 슬픔에서 머리를 돌려
내 사랑하는 사람들을 위하여
내 그리움 가득 담은 수레에 모두 태워서
빨간 장미꽃 한 다발씩 가슴에 안겨주고 싶다
내게 늘 눈물 많은 슬픔의 딸인 시는
이제 큰 바람에 실어 지구 밖으로 날려 보내고
오로지 기쁨이 넘치는 화평에 다다르는 길이 되길 빌며
덜거덕 덜거덕 삐거덕 삐거덕 흔들리는 노래 따라
신작로를 느리게 시냇물처럼 굽이쳐 흘러가고 싶다

묶음 **1**

나무가 되는 사람들

묶음 **5**

춤추는 바보

나무가 되는 사람들

산으로 올라가 나무로 산다

나무가 무성하게 우거져야 할 산

사람들이 빽빽하게 숲을 이루어 살고

사람들이 무성하게

가슴에 그리움 하나 품고 산다는 것은

가슴에 그리움 하나 품고 산다는 것은
얼마나 훈훈하고 행복한 일이냐

삶이 힘들고 고단할 때 생각나는 한 사람
가슴에 숨기고 산다는 것은
얼마나 즐겁고 애틋한 일이냐

닮은 얼굴이 내 곁을 스쳐 지나갈 때
떠오르는 얼굴이 있다는 것은
험난한 인생의 바다를 항해하는 사람에게
얼마나 위안이며 감사할 일이냐

마지막 숨 거칠게 몰아쉴 때
저만치 웃으며 다가와 손잡아 줄 얼굴이 있다는 것은
얼마나 아름답고 눈물 솟는 삶이냐

개망초꽃

임진년 들어 하늘 높고 푸르러
구름 한 점 없이 쨍쨍한 날
뿌연 기류가 울 안팎에 휘돌아 흐른다
풀꽃이 고운 자태를 뽐내는 들길이나
자동차가 이를 악물고 달리는 큰길가
다람쥐가 눈길 내려놓는 오솔길이나
깊은 연막에 가려있어 앞뒤를 분간키 어렵다
어디로 가야할지
어떻게 살아야할지 눈앞이 캄캄하다
어디까지 다가서고
어디까지 물러서야 할지 답답하다
기척도 없이 발자국 소리도 없이
대양을 건너와 시퍼렇게 눈망울 굴리는
뼈 하얀 외세의 물결이
삼천리강산을 휘몰아쳐 덮고 있다
어쩔거나
어쩔거나

고씨동굴

초록별 길고 먼 꼬불꼬불 창자 속엔
수수억 년 은밀한 비밀이 돌 언어로 피었다
한 가닥 햇빛 달빛 별빛도 스며들지 않는
싱그러운 들판도 숲도 보이지 않는
아침저녁 소리 내어 노래하는 새들도 강물도 없는
깊은 흑심으로 가득 찬 지하세계
굽이굽이 발길 따라 놀라운 세상이 펼쳐져 있다
지나가는 길목마다 언덕마다 흰 엽새우를 비롯
게새우, 지네, 거미 같은 얼굴들이
땅 위의 세상처럼 옹기종기 꿈꾸며 살고 있다
강원도 영월 고씨동굴로 가면
하늘의 섬섬 손길로 점찍어 그려진 형상
극락전, 신농지, 꿈의 궁전, 천불대
신비타
신비타

고향 풍경

숨 한 번 깊이 고르고 올라야
비로소 만나는 어머니 다정한 발자국 소리
복슬강아지는 반갑다 꼬리 흔들어도
복숭아꽃 살구꽃이 눈보라쳐도
외로웠다던지 슬프다던지 입도 벙긋하지 않았다
아무런 감정올 드리내지 않던 구암섬터가 눈인사했다
흙담 위에는 무심히 너무도 무심히
썩은 이엉을 뚫고 쑥의 잎새가 파랗게 솟고
대추나무에 녹슨 호미 한 자루가 버려진 듯 걸려있다
댓돌을 딛고 마루에 올라서서 돌아보면
무소유를 노래하는 감나무는 감나무대로
마당은 마당대로
모두가 입을 꼭 다물고 제 생각에 젖어있다
그윽한 봄날 햇빛도 그랬다

괜한 걱정 · 1

뜰 밑에 봄 오는 듯하더니
소리 없이 사립문 열고 가더이다
미소 지으며 꽃 벙글더니
우수수 꽃잎 떨어지더이다
설레는 마음으로 임 오시더니
그리움 남기고 훌쩍 떠나더이다

모두가 기쁨으로 왔다가
모두가 슬픔으로 사라지고 나면
백년 뒤에는
아니 천년 뒤에는
그 누가 있어 이 봄 노래하리요
애달프다
애달프다

괜한 걱정 · 2

푸른 봄이 바람을 흔든다
젖먹이가 옹알이하듯
실연한 소녀가 시를 읊듯
아이나 어른이나
문명의 괴물 휴대폰을 손에 쥐면
이방인의 언어로 생을 쪼아 간다
고칠 수 없는 정신병 환자가 된다
한심타!
답답타!

시가 죽어 사람이 기계가 되어도
스마트폰은 끈질기게 킬킬 웃는다
아, 사람이 기계를 만들었는데
기계가 사람을 죽인다
사람이 기계의 노예가 되는 현실이여

꽃들의 전쟁

봄바람 불어 싱숭생숭 마음 설레는 날
아지랑이 어서 오라 손짓하는 들녘으로 나가
여기저기 꽃폭탄 터지는 소리 놀란 눈으로 듣는다

개나리꽃 라일락꽃 매화꽃 목련꽃 명자꽃
벚꽃 살구꽃 앵두꽃 참꽃 개꽃 여러해살이 꽃들이
더 넓은 땅 훤하게 밝은 뜻 밝혀 보겠다
입 모아 열렬히 이상을 펴는 소리

냉이꽃 민들레꽃 은하수 별꽃 제비꽃과
수많은 풀꽃들은 봉오리 마다
가슴 가득한 그리움을 터트리는 소리

들판은 온통 한 마당 꽃 잔치가 벌어졌다
울긋불긋 어깨 다투어 피어나는 꽃들의 전쟁이다
사랑과 웃음의 전쟁이다

구르는 바람을 누가 멈출 수 있는가

양자강이 출렁이도록 요란하게
서쪽 바다 가로질러 온 바람
배추밭에서 한가로이 춤출 수 없다
태평양을 뜨겁게 달구어 놓고
드넓은 대양을 건너온 바람
나무처럼 우뚝 서서 흔들리고만 있을 수 없다
오호츠크해를 서늘하게 식혀놓고
함경산맥을 빗겨 동해안을 끼고
겨드랑이 속으로 파고드는 바람
길섶에 들국화처럼 의연하게 버틸 수 없다
시베리아 벌판을 잠재워 놓고
새벽같이 태백산맥을 타고 남쪽으로 내려온 바람
바위처럼 한 곳에 뿌리내리고 살 수 없다

제 몸 속에 끓는 피 식히지 못하여
넓은 나뭇잎에 앉아 쉬고 싶어도 쉴 수 없어

그림자

하루에 지친 햇살이
행복한 꿈을 꾸는 밤이었다
시커먼 어둠이 일어나
산 되었다
큰 산이 되었다
산은 바다처럼 울었다
아, 그것은
강도보다 무서운 그림자
찬란한 별빛의 자식이었다

그 바다에 가고 싶다

동해바다 푸른 물결 바라보는 것만으로
내 마음 언제나 넉넉해진다
저 검푸른 파도를 타는 햇살은 더욱 눈부시고
갈매기 노래 하늘에 걸리는 날 하루는 즐거워진다
오늘이 가고 내일이 무심결에 와
이제의 우울한 햇살을 빨아 빨랫줄에 널고
어제의 등 뒤에서 오늘의 옷자락이 펄럭임을 본다
내일도 그 바다가 거기에 그대로 있길 바라지 말아라
내일의 바다는 오늘의 이 바다가 아니다
물들은 제자리 있고 싶어도 마음 설레어 손 흔들며
하늘로 오르고 또 오르고 다시 내리느니
낚싯대를 바꾸어 던지면 오늘의 바다는 내일 없다
알몸으로 들어가야 눈물 한 방울 보탤 수 있을 텐데
소금에 절인 몸으로 한 방울의 눈물을 어떻게 얻어
그 바다에 뿌리겠는가?
파도에 실어 보낸 한 마디의 진실된 고백이라 할지라도
차마 아픈 어제를 동해바다 그 가슴에 묻을 수 없구나
아쉽다
아쉽다

끝없는 인생 길

자동차가 갈 길 찾지 못하고
길과 길이 무심히 손잡는 곳에서
지팡이를 잃은 장님처럼 제자리에서 맴돈다
해가 중천에 떠 있는 젊은 낮인데도
손가락도 보이지 않는 늙은 밤 같아
가던 길 다시 가고, 오던 길 다시 온다
나와 자동차는 손잡고 앞으로 달려가고
길과 시간은 자꾸 뒤로 달려간다
주름살 하나 둘 늘어날 짧은 시간 동안
갈피를 잡지 못하고 길을 헤매다
비로소 가야할 길이 희미하게 눈앞에 펼쳐질 때
이것이 나의 길이다
이것은 나의 운명이다 외치며
한 줄기 빛이 융단처럼 길게 뻗은 길을 달린다
마음 가다듬어 길과 함께 달린다
어머니 기다리는 고향집에 다다를 때까지
끝없는 높고 낮은 길을 꿈꾸듯 달려간다

나무가 되는 사람들

주말에 산으로 올라가면
나무는 없고
사람들이 나무처럼 모여 있다
나무는 사람 사는 마을 좋아
마을로 내려와 사람으로 살고
사람들은 나무가 사는 산이 좋아
산으로 올라가 나무로 산다
나무가 무성하게 우거져야할 산
사람들이 빽빽하게 숲을 이루어 살고
사람들이 무성하게 우거져야할 마을
나무가 빽빽하게 숲을 이루고 산다
무에 그리운 것 그리 많아
사람은 산으로 줄지어 올라가는지?
산 위에 구름 있음에
구름 위에 푸른 땅 있음에

낙화

지난 밤 비 내리고 거칠게 바람 불었다
화창한 봄날을 즐겁게 노래하던 보랏빛 별꽃
하늘 뜻 다하고 떨어져 길가에 누웠다
벌 나비에 몸살 앓던 어제를 돌아보며
뒤따라오는 발길에 밟히는 것도 순리라
스스로 물길로 접어들어 강으로 달린다
나뭇가지에 푸르게 걸린 새들의 조잘거림도
꽃잎에 추억이 선명하게 찍혀 있다가
갈잎과 손잡고 바다를 그리워한다
아이들이 뱉어 놓은 말 조각 못난이 인형까지
버려진 신문지에 철저하게 봉쇄당하여
이제 하늘은 캄캄한 먹빛이다

다시 돋는 햇빛에 눈길 주지 않는 무심으로
아름다웠던 청춘이 둥둥 떠가고 있다

농부의 삶

삽과 괭이가 대지를 흔들어 깨우고
씨 뿌려 가꾸어도 허기져 우는 가난한 배
우윳빛 고운 손으로 달래지 못한다
땀 흘러 주름진 계곡이 얼마나 깊은지
가슴 속에 사는 쓸쓸한 바람이 하는 말
도시 소음에 절은 귀로 알아듣지 못한다
피 돌림으로 이어온 뜰 앞에 논 서 마지기
초병처럼 지켜야하는 뜨겁게 얼기고 설긴 매듭
얼어붙은 눈덩이 가슴으로 풀지 못한다
삼백육십오일 206개 뼈마디가 쑤셔도
스스로 허물어지는 작은 우주 하나 이끌고
불볕더위에 들길로 흐르는 강물의 아픔을
정녕, 때 묻은 책상물림 머리로 헤아리지 못한다
빈주먹으로 생을 쌓는 농부의 마음을

묶음 **2**

마음의 창을 열고 세상을 보라

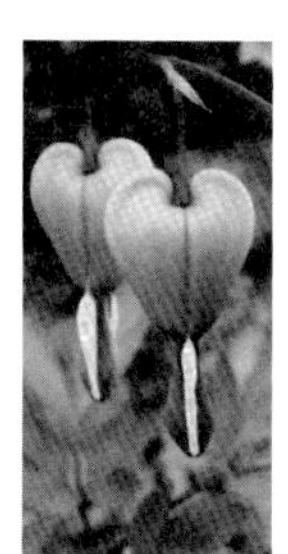

사과꽃에 앉은 눈부신 햇살도 보인다
눈으로 세상을 보지 말라
눈으로 보는 세상보다 많은 것이 네 등 뒤에 있다

누가, 하늘을 만져 보았다 소리치는가?

부르지 않아도 떼 지어 몰려와
무성하게 천년 숲을 이루는 붉은 나무가
그대 그리워 가슴 태운다
4700년 동안 산처럼 나이테 쌓아 올려도
그대 앉은 자리 너무 높고 멀어
여전히 아득타
오르고 다시 올라 커씨드럴 정상에 올라
깨금발 딛고 뒤뚱거리며 두 팔 뻗어도
그대 발끝에도 미치지 못하는 구나
그대 향한 뜨거운 마음 어찌할거나
땅은 태어날 때부터 발 아래 살고
그대는 언제나 종달새처럼 머리 위에서 노래하는데
한라산이 높다고 백록에 올라서
백두산이 높다고 천지에 올라서

단종대왕 · 1

- 날개 꺾인 봉황

열여섯 살 소년 천자가
높고 높은 송악으로 우거진 육육봉에 갇히고
검푸른 동강 거친 물살에 결박당하여
움직일 수 없는 영어囹圄의 몸 되었다
하늘같이 믿었던 도끼에 무참히 발등 찍혀
날개 꺾인 봉황새는 창공을 날지 못하였다
노래하지 못하는 카나리아는 가슴으로 눈물만 삼켰다
버림받은 아픔 만추의 한 되어
백사장에 넋 놓고 뒹굴었다
동강에 텀벙 뛰어 들어도 잠들지 못했다
해 저물어 갈수록 슬픔만 더욱 깊어
붉은 피 토하며 서럽게 울다가
관음송으로 서서 북녘하늘만 우러렀다
조약돌 하나하나에 그리운 맘 담아
눈물로 망향 탑 쌓아 올려놓고
한 세월 접어버린 티 없이 맑은 영혼
홍위는 동강의 푸른 넋으로 고이 잠들었다
단종대왕이시여
만백성 우러러 장송이 된 어버이시여
어떻게 무슨 춤으로 노래하여 비통한 마음 달래오리까

단종대왕 · 2
– 혈육의 정 끊어 강물에 띄워 보내는가

강산이 마주 앉아 서럽게 우는 숲에서
조각조각 부서져 흩어지는 마음 다시 모아
천년 바위로 깊어 가는 어린 하늘이여
외로움과 서러움이 낳은 눈물을 고이 엮어
주렴처럼 드리워 세상을 덮어버리고
향기도 없는 사념의 꽃을 피우는가
해와 달이 지고 또다시 지고 져도
지워버릴 수 없는 상처가 너무 깊어
끝없이 무너져 내리는 어깨 추스려
혈육의 정 끊어 강물에 띄워 보내는가
열두 곳간이 차고 넘쳐도 언제나 텅 비어
담 너머 푸른 꽃가지 제 것인 양 꺾는 손
비뚤어진 성정 곧게 펴지도록
풀무에 벌겋게 달구어 분노의 망치질 하는가
육육봉을 가슴 품고 흐르는 저 동강처럼
큰 바다가 그리워 무심히 흐르는가

"천만 리 머나먼 길 고운 님 여의옵고…"
핏기 잃어 하얗게 슬픈 그 입술
쓸쓸한 미소를 머금은 강여울이여

더스틴 카터 이야기

- 꿈꾸는 토르소맨

다섯 살 때 수막염을 앓아
사지를 잃고도 꽃처럼 웃으며 사는 소년
더스틴 카터
손처럼 쓰는 팔뚝 있기에
레슬링과 수영, 풋볼 못하는 운동이 없어
빌처럼 쓰는 허벅지 있기에
푸른 초원과 얼음판을 달리는데 불편함 없고
세상을 펄펄 날아다니는 토르소맨이었다
미국 오하이오주 고등부 레슬링 대표 선발전에서
당당하게 3위를 차지하는
인간 승리 앞에서 관중은 울었다
뭉툭한 팔뚝으로 감격의 눈물 훔치자
하늘도 땅도 눈물바다를 이루었다
18세 소년 더스틴 카터
"인내가 필요한 게 인생이다."
"인생은 자기가 만든다."
"신을 원망하지 않는다."는 강철 같은 신념이 있어
지칠 줄 모르고 끝없이 도전, 도전하였다
육체가 죽어도 정신이 살아있으면
아직도 살 수 있다는 진리의 몸부림이었다

손발이 없어도 불편하지 않았고
등 빌려주는 친구가 많아 외롭지 않았다
더스틴 카터!
뭉툭한 손발에 펄럭이는
찬란한 금빛 잎새의 노래여
영원하라

도재열

여기 한생을 오롯이 바쳐
맑은 눈빛과 따뜻한 가슴으로
마음 닿으면 사랑이 꽃피고
손길 닿으면 흙이 꽃피는
황토 빛깔로 사는 흙의 아들이 있다
때로는 선비의 기백으로
때로는 촌부의 순박함으로
얼룩빼기 황소가 울음 우는 고향 산마을
은혜로운 한 사람이 있다
곧은 심성으로
오로지 인정의 밭을 일구어 금을 캐는
당신은
새보다 먼저 일어나 아침을 노래하고
해보다 먼저 일어나 흙을 깨우는
참으로 부지런한 농부이어라

눈감아도 세상이 훤히 보이는 나이
육순 지나 벌써 칠순에 이르러
날마다 해가 짧아지는 생이라 하여도
삶의 그 향기 온 누리 가득 채우소서

독도 지킴이

동해바다 그 깊고 넓은 세상에서
말없이 홀로 흐르는 구름
작은 가슴 끝없는 물결이 출렁인다
사랑하는 처자식 담 밖에 던져두고
핏줄과 떨어져 살면서
스스로 외로움을 대패질 하며
창공을 가르는 날선 방어가 되었다
바다를 꽃밭으로 수놓는 갈매기가 되었다
그 누구도 꿈꾸지 않았던
정의의 횃불 높이 들어
넘보는 시뻘건 눈동자 큰 칼로 꾸짖는다
온 백성 뜨거운 혼 여기로 모아
민족의 뱃길 활짝 열어주는
저 등대의 찬란한 불빛으로 오천년 밝혀 왔다
오래오래 이어온 태백산맥 등 언저리
가슴 깊이 시퍼렇게 물든 쪽빛 바다
한반도 막내둥이 사랑의 섬
눈물로 지키는 촉루암燭淚岩 되었다

독도

– 군국주의 망령에 붙여

마음이 실타래로 풀리면 네 땅
마음이 실타래로 꼬이면 내 땅
세상을 아무렇게 가위질하는 어린아이처럼
그대 참말로 어리고 어리도다
1481년 동국여지승람 고지도에서
돌로 된 섬이라 독도라 이름 붙여
동녘의 해 뜨는 나라
조선의 막내 섬으로 명백하게 점찍어
등불 밝혀 놓은 푸른 바다 끝 가녀린 땅
제 나라 땅이라고 떼쓰는 꼴이
그대 참말로 우습고 우습도다
나라마다 지도마다 조선의 땅이라 손들어주고
한국 땅이라 태극 깃발 세워준
역사적 사실을 몇 번의 잔재주로 뒤엎으려 하는가
이제 와서 다케시마의 날을 서둘러 정하여
반만년 보듬고 가꾸어 온
한국의 남새밭 언저리를 어지럽히며
철부지 아이처럼 목에 힘주는 꼴이
그대 참말로 짓궂고 짓궂도다
삼척동자도 알 수 있는 바위를 풀이라 하고
풀잎을 흙이라 하는가
해와 달이 가는 순리를 거꾸로 돌리려 하는가

통째로 삼키려는 험악한 저 이빨 좀 보게나
아시아 40억 검은 눈동자들은 너희들의 비린내를 알고 있다
제국주의 군국주의의 망령이 다시 살아났다고
뱀같이 징그러운 갈라진 혓바닥으로
하나와 둘을 모르는 탐욕을 버리지 않는 한
그대 앞에 후지산이 태평양 깊은 바닷속에 고이 잠기리라
가슴 아픈 지난날 우리들의 핏자국
아직도 한라와 백두에 그대로 선연한데
그대들은 이리도 무모하게 길들지 않는 소처럼 날뛰는가
바다와 대륙이 영원하듯
독도 또한 대한의 땅으로 남을 지니
여수장 우중문 시에 을지문덕 장군이 노려보고 있나니
그대 족함을 알고 물러갈지니라, 훠엇-세!

돌이켜 보건데

땅거미 아슴아슴 드리우는 저녁
어둠을 가까이 불러놓고
어떻게 살았냐고 낮은 물소리로 물었다
앞만 보고 세상을 바람처럼 떠돌며
가죽 주머니 채우는 일로 마음 쓰다보니
세월만 강물처럼 밀리 흘러갔다
삶의 깊이만큼 빠르게 오고가는 나날들
구두끈 조이며 살아온 거친 얼굴
이마에 주름 골은 계곡처럼 깊이 패였다
오십 고개를 훌쩍 넘어 뒤돌아보면
무엇을 위해 허겁지겁 숨 막히도록 달려왔는지
왜 그토록 힘들게 몸부림쳐야 했는지
내 머리로 알 수 없다
나를 진정 알 수 없다
그리고 다시 생각해보면
언제나 봄여름가을겨울은 짧기만 하였다

마음의 창을 열고 세상을 보라

눈으로 앞을 보면 뒤는 보이지 않는다
그래서 생각을 하는 거다
생각하면 뒷머리에 눈이 없어도 뒤가 보인다
밟고 지나온 눈물 강이 훤히 보이고
탱자나무 울타리 사이로 저만치 하얀 사과꽃이 보인다
사과꽃에 앉은 눈부신 햇살도 보인다
눈으로 세상을 보지 말라
눈으로 보는 세상보다 많은 것이 네 등 뒤에 있다

마음의 창을 열고 찬찬히 세상을 보라
뒤뜰에는 꾀꼬리가 노랗게 노래 부르고
살구꽃들이 입 모아 하얀 튀밥처럼 흐드러지게 웃고 있다

망부석

불러도
불러도
목메이도록 불러도
대답 없는 사람아
가슴 터지도록 불러도
눈에 담을 수 없는 사람아
불러도
불러도
하늘로 우주로
흩어져 가는 목소리
그리워
그리워
다시 돌아오는 메아리
선 채로 돌 되었네

멸치가 하는 말

후두두둑 소나기 한 줄기 쏟아지던 날
광화문 나무카페에서 생음악 들으며
맥주 안주로 바다를 고추장에 찍는다
마음 실어 오고가는 정담을 나누며
달덩이 같은 그대 얼굴에 흠뻑 취하여
비틀 비틀거리는 파도로 일렁이는데
남해 푸른 바다가 이빨 사이 끼어있다가
곁에서 듣기 거북스러운 울분을 토한다
비상 사이렌을 요란하게 울리며
비린내 공습에 대한 경계경보를 울린다
도와달라 모스부호로 긴급 타전한다

복슬강아지가 반겨주는 돌담길 돌아가는 길
저녁연기 모락모락 피어오르는 고향에 가고 싶다고
바다가 싯푸르게 달려와서
애절하게 누워 넋두리하고 있다

모든 생은 소중하고 아름답다

누렇게 주름 잡힌 책을 읽다가
행간에 유성처럼 흐르는 까만 점 하나 있어
돋보기로 가까이 다가가
어디서 오신 뉘신지 물어보았다
먼지인지 생물인지 알 수 없는
'•'보다 작은 물체가
어둠의 땅 책갈피 속에서
생을 뜨겁게 쌓아 올리고 있었다
종이를 갉아먹고 사는지
내가 읽지 않았던 오감도를 감상하고 있는지
그가 움직이는 모습은 쉽게 알아볼 수 없고
그의 숨소리 내 귀에까지 이르지 않는다
무심히 볼펜으로 찍어보려던 손
책벌레가 외치는 절규를 가슴으로 듣는다
영장이든 미물이든 목숨은 하나이기에
모든 생은 소중하고 거룩한 법
살려고 바둥대며 걸어가는 모습이 나를 보는 것 같아
뒤통수 맞은 듯 띵하게 아파
무언의 메시지를 머리 숙여 듣는다

모래톱에 쓴 그대 이름

길게 뻗은 망양정해수욕장이 눈에 밟혀
사각사각 모래가 슬피 우는
추억의 바닷가를 말없이 터벅터벅 걸어갑니다
번득이는 수평선에 눈길 내려놓고
철새처럼 낯선 땅으로 날아간 그대 그리워
모래톱에 그대 이름을 손가락으로 쓰면
파도가 몰려와 깨끗이 지우고 갑니다
출렁이는 물빛 하늘에 화폭 하나 걸어놓고
그대 얼굴을 눈물로 희미하게 그리면
바람이 뒤따라와 흔적 없이 지우고 갑니다
파도가 지워버려도 지워지지 않는
바람이 뭉개버려도 뭉개지지 않는
가슴에서 그대 이름 석 자를 뿌리째 뽑아
잠들지 않는 동해바다에 던져 놓고
쓸쓸히 발자욱만 남기고 떠나옵니다
아득히
아득히

목로 찻집에는

따뜻한 아랫목이 그리워지는 날
사람들은 강물처럼 떼를 지어
목로 찻집으로 발걸음을 옮긴다
언 손을 비비며 호호 불며
동동 걸음으로 테이블 앞에 앉아
뜨거운 차 한 잔으로 축복을 높이 든다
머리를 맞대고 세상 사는 이런저런 이야기
지지고 볶고 조리고 튀겨서
진수성찬의 거짓말 참말, 말, 말꽃을 피운다
고드름이 날카로운 눈빛을 뿜는 계절엔
무성한 삶의 모습들이
머그잔에 커피 향처럼 모락모락 오른다

문학기행

글벗끼리 머리 맞대고
걸쭉한 잔치 한 마당을 벌였다
시의 탯줄을 자른 핏덩이
훌륭하게 자라라
모두가 두 손 모아 축복해주었다
시의 말 배우는 아기
옹알거림에 귀 기울여 주었다
시의 산에 오른 사람들은
가슴에서 빛깔 고운 시의 꽃을 꺼내어 보여주었다
뒤풀이 노래마당에서 손에 손을 잡고
가슴 깊이 박힌 옹이가 빠질 때까지
날 새는 줄 모르고 마음 흔들었다
아, 문우들이여!
금세기를 세출세출歲出世出할 명시 한 편을
시간의 모래밭에 그려놓고 가세

민들레, 민들레꽃 하고 부르면
그리움으로 다가오는 금빛 메아리
눈 총총타, 귀 쟁쟁타 —

민들레 꽃

분수처럼 기쁨 솟는 날 있으리라
가슴을 태워 피운 꽃보다
이 세상에 더 향기롭고 아름다운 꽃 없으리라
민들레, 민들레꽃 하고 부르면

민들레꽃·1

풀숲에서 낮게 흔들리는 것은
무슨 까닭입니까?
끓는 가슴 초록으로 잠재우고
두둥실 구름꽃 피워
눈물로 풀어놓는 것은 무슨 까닭입니까?
땡볕을 견뎌내며
먹구름을 견뎌내며
어머니처럼 제 삶을 값없이 내려놓는
저 고결한 비움은 누구를 위한 시입니까?
아, 그것은 없어도 넉넉한 사랑
빈 가슴으로 부르는 민들레의 노래입니다

세월 가도 그칠 줄 모르는
풀숲의 세레나데입니다

민들레꽃 · 2

콘크리트 보도블록과 블록 사이
싸늘한 냉대가 빗발치는
무심한 발길에 마냥 밟히어
꽃피우지 못하고 꺾이면 어쩌나
만물이 기지개를 켜는 봄날
웅크리고 살아야 하는 봄은 봄 같지 않아
그래도 가슴에 꿈 하나 있기에
여전히 희망의 등댓불로 비추고 있어
검은 손길 뿌리치고
거친 비바람 속을 지나
눈부신 햇살이 출렁이는 들길로 걸어간다

민들레꽃 · 3

먼동이 터서 초저녁 샛별이 걸릴 때까지
수고로움과 수고로움 사이서
밤이면 쓰러져 고요히 잠들지라도
해가 뜨면 몸 세워 버둥거리며 살아야
하루치의 몫으로 의미가 있을까?
나비에게 가슴 내주는 향기로운 꽃이 될까?
농부의 얼굴을 식혀 주는 나무가 될까?
바람 속에 들꽃으로 피는 생이라 하여도
어찌 아름답지 않겠는가
오늘보다 더 찬란한 내일이 떠오르지 않는다면
누가 땀에 젖은 몸으로 이 땅을 지키려 하겠는가?
목숨 만큼 소중한 꿈 하나 있기에
야위어 가는 몸을 불볕더위에 담금질 하여
저녁노을 붉게 타는 길목에서
아름답고 소담한 금빛 풀꽃 한 송이 피운다

민들레꽃 · 4

수수하게 핀 산수유 곁에 서면
잊고 있던 풀꽃 이름이 떠오른다
목련꽃 아래 사는 고들빼기가 눈에 선하고
햇빛이 놀다 가는 청 보리밭이 아른거린다
늦은 봄날 비 오는 밤엔 스산한 바람 불어
이름 모를 풀벌레가 숨죽여 울고
개울물 불어 강돌은 비로소 몸을 닦아 빛을 밝힌다
아무것도 아닌 것을 노래하는 풀꽃이
가난한 들 가운데에서 바람을 노래한다
언제나 거기 서 있으면 고운 꽃밭이 될 것 같아서
홀로 언덕에 나와 서 있는 소녀처럼
언젠가 하늘에 먹구름 일고 마음엔 일만 파도가 철썩여
뜨거운 여름 오면 홍수에 휩쓸리고 말지라도
물머리에 다소곳 금빛 꽃 한 송이 피워놓고
가냘픈 몸매로 소탈하게 미소 짓는다

민들레꽃 · 5

뜨거운 열기와 뜨거운 정열 사이
꿈 잃고 힘없이 처진 어깨
희망의 말로 다시 높여 주고 싶다
묵묵히 들길 거니노라면
시원한 소나기 한 줄기 퍼부어 주리라
갈증의 날 까맣게 잊어버리고
분수처럼 기쁨 솟는 날 있으리라
가슴을 태워 피운 꽃보다 아름다운 꽃 없으리라
민들레, 민들레꽃 하고 부르면
그리움으로 다가오는 금빛 메아리
눈 총총타
귀 쟁쟁타

민들레꽃 · 6

차가운 땅속 깊이
곧은 지조 내리고
꽃피울 날
차분히 설레는 마음
눈이 온들 어떠리
눈보라인들 어떠리
인고의 나날도 힘겹지 않으리
가슴 벅찬 꿈 하나
싱싱하게 푸르기에
강철 추위도 꿋꿋이 견디어 내리라
따뜻한 봄날 안으려
푸른 손 모아 기도하리라

민들레꽃 · 7

산산히 부서져버린 바위 조각 사이
힘들게 뿌리내리고 살아도
아직 당신에게 이르지 못했습니다
울울한 바람 속 오래 거닐었어도
드높은 당신의 언덕에 오르지 못했습니다
생은 뜨거워도 언제나 허공인 것을
길섶에 풀꽃으로 흔들리면 알 수 있을 것을
세상에 가장 낮은 곳에서 넋 놓고 흔들립니다
소리 없이 흘러가는 강물 멈추는 곳에서
별들도 이제 등불을 끄는 밤
소쩍새 노랫소리 쓸쓸히 들리는데
맑고 깊은 마음 조용히 두 손 모으면
눈물 속에 일렁이는 것은
그리운 당신의 금빛 찬란한 얼굴입니다

민들레꽃 · 8

천진난만하게 뛰어놀던 어린 날 골목길
초가집 한 채가 쓰러질 듯 서 있는 곳
눈길 처음 주고받은 눈부신 아름다움이었다
그대처럼 고운 마음 풀꽃 위에 가만히 내려놓고
아침 햇살에 반짝이는 사랑이고 싶다
밤새워 내 안에 맴도는 그리움으로
향기로운 풀꽃 한 송이 곱게 피울 수 있다면
천년의 세월이 말없이 흘러간다 해도
이렇게 넋 놓고 그대 가슴 속에서
쓸쓸히 흔들려도 좋은, 금빛 햇살로 남고 싶다

민들레꽃 · 9

장미꽃처럼 빨간 꽃을 피우고 싶었습니다
라일락꽃처럼 향기로운 사랑을 하고 싶었습니다
솜방망이 같은 자존을 어깨에 걸치고
성난 호랑이 같은 거친 사랑과 눈에 불을 튀기며
하늘이 무너져라 으르르릉대는 것이 사랑인줄 알았습니다
끝없이 밀고 당기며 구르는 세월 동안
눈부시게 아름답고 찬란한 봄날은 덧없이 흘러갔습니다

황혼 녘에야 비로소 시의 옷을 입고 시의 노래 부르며
아쉽지만 소담한 사랑의 꽃 한 송이 피웠습니다
바램 없이 주기만 하는 것이 사랑이라는 것을 알았습니다

민들레꽃 · 10

두물머리에서 달려온 물은
푸른 들판과 우뚝 솟은 회색빌딩 사이를 지나
성내천 둑길에 나를 던져놓았습니다
홀로 유토피아 땅 찾아가는
그대 뒷모습 아득해도 놓지 않습니다
죽어도 죽지 않는 바닷길 멀어
등 뒤에서 풀꽃으로 흔들려도
그대와 입 맞추어 노래 부릅니다
멀리 떨어져 있어도 손잡고 걸어갑니다
산 높으면 쉬엄쉬엄 켜켜이 오르고
골 깊으면 세월네월 흘러갑니다
곁에 있어도 그리운 사람아
미워서 사랑하는 사람아
그대 손 풀어놓은 곳에서
흔들리는 풀꽃으로 언제까지나 서 있습니다

민들레꽃 · 11

늦가을과 초겨울의 싸늘한 눈총 사이
어이 이렇게 추운 날 밖에서 떨고 있느냐
겨울이 따뜻하다 해도
역시 겨울은 겨울인데
아무리 남쪽 하늘 아래라 하더라도
얼음 얼고 눈 내리는데
얼어 죽을라 어서 집으로 돌아가서 쉬었다가
개나리꽃 웃음소리 바람결에 들리거든
강남 제비 지저귀는 소리 빨랫줄에 걸리거든
묵은 마음 마음껏 펼쳐 보려마
찬란한 금빛 봄을 곱게 피워 보려마

민들레꽃 · 12

숟가락 곁에 젓가락 앉듯
풀 곁에 풀이 앉는다
바위 곁에 바위가 서듯
나무 곁에 나무가 선다
하늘과 땅 사이
짝을 이루지 않는 것은 없다
짝을 이루지 않고 존재하는 것은 없다
ㅅ 곁에
ㅜ 가 누워야 하듯
민들레가 그리운 민들레는
민들레 곁에 눕는다

민들레꽃 · 13

흐르는 별과 꿈꾸는 땅 사이
저마다 뜨거운 가슴으로
홀로 왔다가
홀로 가는 생은
저마다 뽐내는 모습 다르지만
저마다 꿈을 찾아가는 길 다르지만
누구라 꼬집어 부르는 이름
살갗의 색깔마저 제각각이지만
검은 하늘 '一'과 누런 땅 '_'
이슬 같은 사람 'ㅣ'
'工' 짜로 손잡아야 사는 운명
나는, 나는 가장 낮은 곳에서
햇빛의 웃음을 먹고 사는
처음부터 허허로운 풀꽃이라네

민들레꽃 · 14

존재의 무게가
천근은 되어야 하는데
백근은 되어야 하는데
서근은 되어야 하는데
몸과 마음을 다 합쳐도 한 근도 안되는 사람
생각하는 것도 너무 가볍고
처신하는 것도 너무 가볍고 가벼워
흘겨보는 눈길에 풀잎처럼 떨립니다
머리카락 흔드는 실바람에도
이리저리 넋 놓고 출렁입니다
나는, 나는 뜨거운 세상
노래하고 춤추는 삐에로

민들레꽃 · 15

바람과 바람의 다짐 사이
갈지자 걸음 멈추고 서서
아, 참 곱구나!
그대가 툭 던진 말 한 마디가
나를 얼어붙게 하였습니다
쪼그리고 앉아서
머리 위에 축수 해주는
따뜻한 눈빛 술 한 잔
나의 마음 취하게 하였습니다
그대가 어루만져 주는
뜨거운 사랑에 넋 잃고
그대 위하여
민들레꽃 활짝 피는
기쁜 이 봄날에
가슴 식혀 찬란한 꿈을 피우겠습니다

민들레꽃 · 16

들꽃이 다투어 피는 오월
온 산과 들이 푸르러라
내 마음 나도 몰래 푸르러라
햇빛도 초록으로 깊어가는 세상
풀꽃 바다에 풍덩 빠져
팔덕발넉八德八德 뛰는 셍이어라
아, 그것은 고목에 물오르는 봄
찬란한 금빛 꿈이어라

민들레꽃 · 17

무성히 우거진 풀 사이
때로는 높은 이상으로
때로는 낮은 현실로
세상을 유혹하는 나비에게
쉬어 가라
쉬어 가라 애타게 불러도
못 본 척 흘러가는 메아리
보고 싶다, 돌아오라, 목놓아 불러도
대답 없는 하루가
눈부신 하얀 꽃 한 송이
향기 한 다발 날려 보낸다
비로소 눈길 돌려
사랑의 촉수를 깊숙이 뻗어 오면
새색시처럼, 영롱한 눈빛 속에
부끄레 미소 짓는 사랑이고 싶다

민들레꽃 · 18

어느 산골 마을 허름한 집
무너진 뜰 아래라도 한 뼘 얻어
이름 없는 풀꽃으로 조용히 살고 싶다
숟가락 젓가락이
밀고 당기며 실랑이하는 소리
할아버지 기침 소리 들으며
마루 밑에 강아지처럼 살고 싶다
산마루에 뜨고 지는 별처럼
그렇게 한 세상 살고 싶다
아무런 혜욤 없이 피고 지는 풀꽃처럼 살고 싶다
아무렇게나 피었어도
다소곳이 비우고 사는 들꽃처럼
바람이고 하늘이며 꽃피워 살고 싶다

민들레꽃 · 19

누구나 홀로 왔다
홀로 가는 길
어떻게 왔으며
어디로 가는 지를
자세히 일러주는 이 아무도 없는
고독의 길
인생이라는 거
사랑이라는 거
헤르만 헤세가 말했지
"인생은 혼자 쓸쓸히 걷는 길"이라고
아침에 피었다
저녁에 지는 풀꽃이라고

민들레꽃 · 20

달 밝은 가을 밤
귀뚜라미 노랫소리
쓸쓸히 들리는 밤이다
실실실 솔솔솔
씨줄과 날줄로 엮어
올올이 운명의 베를 짜는 소리
가슴으로 듣는다
실실실 솔솔솔
들숨과 날숨의 꿈길 걸으며
눈물로 지새는 밤
담 모퉁이에서
풀죽은 얼굴로 서성이는
달빛 품은 꽃 한 송이
눈에 박힌다

민들레꽃 · 21

구름처럼 가벼워야 한다
솜처럼 가벼워야 한다
무거우면 날 수 없다
날 수 없다
소금쟁이처럼 몸을 가볍게 해야
물 위를 걸을 수 있다
마음의 물기를 다 비우고
마른 날개를 활짝 펼 수 있어야
작은 바람에도 멀리 날 수 있다
옥토를 찾을 수 있다
이상을 꽃피울 수 있다

민들레꽃 · 22

배고파 우는 갯바람 앞에서
어깨 움츠리지 않는 자 없으리
하늘 높은 콧대도
강철 같은 의로움도
사시나무처럼 떨 수밖에 없으리
저를 일아 눕고 일어시는 갈대처럼
스스로 배붙이고 사는 갯메꽃처럼
이마를 땅바닥에 붙여야 살아남으리
찬란한 봄을 위하여
머리가 천개라 하더라도
지위가 높고 낮음을 떠나
비굴이 온몸에 시퍼렇게 멍들어도
엎드리면 살아남을 수 있으리
금빛 햇살의 꿈 피울 수 있으리

민들레꽃 · 23

민들레꽃 같은 여자를 만나면
나도 민들레꽃이 되어
그녀 곁에 앉아 있고 싶다
반갑다, 노란 꽃잎을 흔들면
꽃잎에 잠시 머물다 가는 나비 등에 앉은
눈부신 햇살
그녀의 가슴 하늘로 열고 손짓하는
그녀가 숨겨 놓은 깊은 마음속에
무지개 빛깔 찬란한 방 한 칸 넣어
그녀와 신혼 방을 꾸미고 싶다
생을 뜨겁게 꽃피우는 날
금빛 속옷 한 벌 사주면
고요히 웃는 그녀의 하얀 미소 덧니를 보고 싶다

민들레, 민들레꽃 하고 부르면
그리움으로 다가앉은 금빛메아리
눈 총총하다, 귀 쟁쟁하다—

빨간 장미꽃 밥

화창한 봄날을 쓸쓸히 얘기한다

시인은 외로운 가슴 열고

노을 지고 달 지도록 인생을 노래하면서

시향詩香이 초록으로 물들 때까지

밤에 우는 뻐꾸기

까맣게 철 잊은 늦깎이 새 한 마리
방범대원처럼 두 눈에 시퍼렇게 불 켜고
집과 집 사이를 강물처럼 흐르며
골목을 가로막는 불한당 같은 어둠을 쪼아댄다
사랑하는 사람이 행복하게 꿈꾸다가
찬란한 태양의 아침을 웃음으로 맞길 바라며
차분한 음성으로 작은 소망을 노래 부른다
밤늦도록 거리를 배회하는 아이들이
따뜻한 아랫목이 기다리는 가정으로 돌아가라
은빛 사슬에 묶인 호루라기를 힘 있게 분다
뻐꾹 뻐꾹 뻑뻑꾹 별이 지도록
후륵 후륵 후르르륵 해 뜰 때까지
실연의 늪에 빠져 잠들지 못하는 아들에게
어머니처럼 아픔을 달래주는 자장가를 부른다
거룩타
거룩타

빨간 장미꽃 밥

검은 콩밥을 너무 오랫동안 먹었다
그래서 그런지
얼굴도 흑인처럼 까맣다
얼굴이 까마니 생각하는 것도 까맣다
가슴에서 온 몸으로 흐르는 피도 까맣다
그대 미음올 흔드는 시랑의 말도 까맣다

이젠 검은 콩뿐 아니라 검은 깨도 그만 먹고
빨간 장미꽃 밥을 많이 먹어야 겠다
그러면 내 마음 꽃처럼
꽃처럼 빨갛게 밝아오겠지

뼈 없는 그 사람

당상 위에 앉아 있어도
너무나 낮고 낮아
눈길 한 번 주지 않았지
한라산 백록에 올라있어도
너무나 물같이 수수한 사람
천 근의 무게로 열변을 토해도
우습게 여기는 사람이었지
만승의 자리에서
마음 저절로 강물 되어 바다로 흘렀지
아, 그 사람
말씨가 유별나게 귀에 거슬렸지
거드름 피우는 몸짓이 눈엣가시였지

뼈 있어도 뼈 없는 그 사람
그 사람을 사랑했었지

부처님의 자애로운 미소

고요의 뜰에 풍경으로 흔들린다
가지런히 다문 입가
잔잔한 물결 내려놓으면
탐스런 연꽃 한 송이 곱게 핀다
여물지 못한 넋 깊이 빠져
붉디붉은 입술 위에 눈길로 춤추면
때 묻은 마음 멀리 돌아서고
세상에 목쉰 소리 들리지 않는다
묵묵히 걸어오는 고요 속
아득한 저 끝에서 들리는 밀어
꽃 벙글고 새 노래 즐겁다
욱-아, 욱-아
가슴 파고드는 다정한 목소리
뚝뚝 떨어지는 눈물 바위로 굳고
마음은 점점 맑아진다
세상에 아픈 마음 내려놓고
세상에 모든 괴로움 내려놓고
자비가 출렁이는 바다의 법당
면벽하여 가부좌 틀고 염화미소로 깊어간다

불멸의 자장가

울진 앞바다가 읊어 주는
맑고 푸른 파돗소리
한 소쿠리 퍼 담아 안방에 숨겨 놓고
바다가 보고플 때 하나씩 꺼내 먹고 싶다
비릿한 생선 냄새가 그리울 땐
아침저녁 시간 맞춰
소금기 섞인 그대 목소릴 먹고 싶다
가슴이 울울할 땐 언제나
무심히 갯바위만 두들기는 파돗소리
배가 부를 때까지 꼭꼭 씹어 먹고 싶다

그대 모습으로 펄럭이는 밤
어머니처럼 가슴 넓은 바다가 불러주는
들어도 들어도 싫지 않은 노래
바다의 자장가
조용히 들으며 단꿈을 꾸고 싶다

불쌍타, 불쌍타

사막길 사각사각 힘들게 걷다보면
모래보다 많은 생각에 빠진다
어떻게 살아야 바른길 걸을 수 있을까
어떻게 살아야 향기로운 삶의 길 걸을 수 있을까
수천 번씩 되풀이 되는 생각, 생각
때로는 펄럭이는 책장을 넘기는 손길에서
부유富裕한 파도로 끝없이 밀려왔다
초라한 흙빛 물결로 돌아간다
때로는 어둠이 이슬 속으로 걸어가는 아침에도
어제와 오늘의 그늘진 비늘 사이에서도
날개를 잃은 새처럼 지치도록 파닥인다

빨주노초파남보 알록달록 혼란스러운 마음
한 자락도 가벼이 내려놓지 못하고
넋 놓고 흔들리는 풀잎 같이 사는 생이여!

비워야 할 것 많아도

너무나 힘들고 마음 아파서
입 안에 씹히는 것이 모래인지 나무껍질인지
분간하지 못할 정도로 심기 불편한 날에도
비비새는 혼자서 화창한 봄날을 노래하고
접동새는 밤에도 골목을 흐르며 외롭게 울었지
빈 가슴 에이는 바람만 살고 있을 뿐
가볍게 등 두드려주는 손길도 없었지
하루를 사는데 비워야 할 것 많아도
비우면 비울수록 다시 채워지는 열망
채워질수록 고통은 날로, 달로 늘어나고
세월이 여름으로 달려가는 골목길에
하늘의 소명 다한 벚꽃이
멀어져 가는 봄에게 시든 손 흔들고 있었지

사랑의 눈길

아무리 뼈 없는 듯 좋은 사람도
시한폭탄 같은 불씨 하나쯤 가슴에 품고 산다
향기로운 말씨는 꺼져가는 불길 살리지만
얼음장 같은 말씨는 훨훨 타는 불길도 꺼버린다
혀끝으로 부르는 칼의 노래는
백 년의 사랑도 속절없이 두 토막 낸다
그러나
사랑하는 사람에게 버림받은 차가운 마음보다
세 치 혓바닥으로 뿜어내는 저주의 말보다
더더욱 무서운 것은
심장을 얼어붙게 하는 묵언뿐이로다

허나, 사랑의 눈길은 바라보고만 있어도
차가운 얼음장도 녹이는 봄이 온다

사랑한다는 말

사랑하는 사람들이여
이 세상 말 가운데
분홍색 편지지에 뿌리내리는 어느 말보다
아름다운 말 또 있겠는가
저녁마다 사람들은 눈동자를 반짝이며
지붕 위에 걸어 놓은 별빛을 찾아보지만
이미 구름이 삼켜버리고 없어
연인들은 밤 되면 시집의 책장을 펄럭인다
잔잔한 호수에서 출렁이는 그리움을 건져 내
연인들의 손에서 연서의 꽃으로 피는 밤
사람들은 오늘도 그리움 하나씩 안아들고
사랑한다는 말 한 마디에 행복해지는 밤
그대를 생각하며 달콤한 행복을 꿈꾼다
가진 것 다 주어도 아깝지 않은 연인은
주기만 하는 것이 사랑이기에
쓸쓸은 보이지 않게 가슴에 오롯이 묻어둔다
사랑하는 사람들이여
이 세상 언어 가운데
사랑한다는 말보다 아름다운 꽃이 있겠는가
사랑한다는 말보다 뜨거운 태양이 또 어디 있겠는가

산들 바람

온 곳을 모르는데
간 곳을 어찌 알까
눈 크게 뜨고 찾아보아도
그대 모습 찾을 수 없고
팔 뻗어 손 펴보아도
그내 흰 손 집을 수 없는데
정원에 나뭇잎은 파르르 손 떠네
지당의 물은 살며시 머리 흔드네

그대처럼
세상을 흔들어 볼 그리움 있어

생명의 탄생

한 생이
먼 시원을 거슬러 올라와
이 세상에 태어나기 위해서는
수천만 번 가슴이 쪼개지고
쪼개지는 아픔을 겪어야 한다
계란 속 병아리를 보라
쩌-어-억 --
아프게 금이 가야한다
세상에 태어났지만
다시 또 태어나기 위해서
한 번 더 지독하게
마음 아픈 금이 가야한다
번개가 우르르르릉 쾅쾅
허공을 가르며 쪼개어져야
존재의 문이 열리리라

생은 무거워도 여전히 아름답다

하얀 목련꽃은 사월
햇살의 길목에서 핀다
긴 겨울 조용히 보내고 기지개 켜는 들꽃처럼
계절은 소리 없이 피고 진다
아, 생멸生滅의 되새김질
세월은 기쁨과 슬픔을 섞어 나이테 쌓아 가고
내일을 모르는 사람들은 무심코 절벽 앞에 선다
삶에 대한 뜨거운 열망을 이룬 벅찬 행복
땀 흘린 사랑에게는 마약과 같은 신념이 자리 잡아
절망을 넘어선다
빛은 어둠이 짙을수록 더욱 찬란하게 빛나고
진흙 수렁은 말없이 두 손 보듬어 연꽃을 피우듯
될성부른 떡잎은 어두운 사회에 한 줄기 빛으로 다가온다
꿈을 노래하는 아이들이 점점 사라지는 세상
아름답게 살려는 사람은 누구나 꿈꾸길 거부하지 않듯
어떤 사람도 불행하게 살길 바라랴

삶이 죽음보다 더 뜨겁기에
농부들은 오늘도 땡볕 아래 사래 긴 밭을 종일토록 일구고
시인은 저녁노을 붉게 타는 언덕에 누워
흘러가는 뭉게구름을 바라보며 에트랑제의 시를 읊는다
생은 숭고하다
생은 짧지만 뜨겁고
깊다

석가헌에서

산골에 흐르는 눈부신 햇살
참빗으로 곱게 빗으면
벚꽃 같은 그리움이 뚝뚝 떨어진다
흐드러지게 핀 민들레꽃 냉이꽃 제비꽃
봄꽃은 머리 맞대고
화창한 봄날을 쓸쓸히 애기한다
시인은 외로운 가슴 열고
노을 지고 달 지도록 인생을 노래하면서
시향詩香이 초록으로 물들 때까지
차를 달인다
시향에 취한 접동새
울타리를 맴돌며 도낏자루 썩는 줄 모르고
접동 접동 접동 시를 읊는다

소나무 껍질 같은 손

태어나면서 이미 새겨진 강물
그 강물로 세상을 잡는다
숟가락 잡으면
숟가락 나무 한 그루 자라듯
펜을 잡으면
펜의 크기만큼 운명이 자라듯
굽이쳐 흐르는 길목에서
반갑게 잡은 낯익은 손이
또 하나의 강물 되어
메마른 도시의 거리를 적신다
수많은 만남에 물결치고
수많은 이별에 몸부림치는
늙은 손을 바라보며 눈을 감는다
감은 눈 속에 클로즈업되는
인생이라는 중량重量

민들레, 민들레꽃 하고 부르면
그리움으로 다가오는 금빛 메아리
눈 총총타, 귀 쟁쟁타-

묶음 5

춤추는 바보

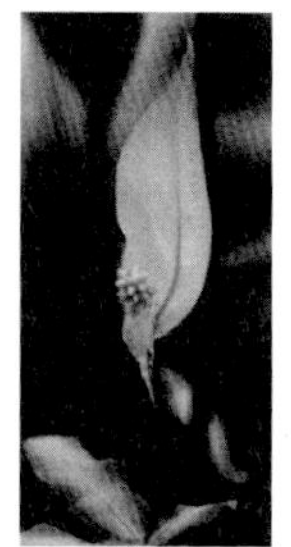

새털구름처럼 가벼워진다

아이들의 맑은 눈빛이 화살 되어

내 마음 깊은 곳에 박히면

잠시 교사의 본분을 잊고

헛되이 흐르는 상스러운 마음

다시 가다듬어 싱그러운 초록빛 물감으로 채운다

시들지 않는 풀꽃처럼 살려하네

예전에 예전에는 내 것이었지
손에 잡히는 것도 번쩍번쩍 빛나는 것도
어깨 힘들어가는 것도
아름다운 꽃들도 다 내 것이었지
어느 여름날이었지
풀잎에 맺힌 물방울이 반짝반짝 빛나다
햇빛 따라 흔적 없이 사라지는 것을 보았지
처음도 없었지만 나중에도 없었음을 알았지
삶은 비우는 것이라는 것을
너무나 차가운 가슴으로 알았지
그때부터 하나 둘 비웠지
내일의 기다림도 달콤한 사랑도 비우려 애쓰지
세상에 대한 그리움마저 비우고 비워서

이제, 물소리 바람소리만 듣고도
시들지 않는 풀꽃처럼 살려하네
없어도 넉넉한 비움
뜨거운 삶
벼이삭 되어 흔들리며 살고 싶네

시인의 사랑

양지쪽에 쭈그리고 앉아서
얼굴이 누렇게 떠가는 어린 싹을 보면
왠지 어린 시절 나를 본 것 같아 눈물이 난다
물 한 바가지 퍼서 목마름 달래주던지
용기 잃지 말라고 머리 쓰다듬어주고 싶어
차마 그냥 지나칠 수 없다
몸집이 너무 가늘고 허약하여
위로도 옆으로도 가지 칠 수 없겠는데
거친 세파를 어떻게 타고 넘을까
마음 쓰리고 아파
보고도 못 본 체 무심히 돌아설 수 없다
여린 초록 잎새가 바람결에 펄럭여
향기 있는 아담한 꽃이라도 피울지
부실한 열매라도 거둘 수 있을지 염려되어
시인은, 시인은
마음 다스려 생년월일시 손가락 짚어보며
마음 다스려 가던 길 묵묵히 간다

시 향을 찾아서

형체도 알아볼 수 없는 이름 모를 향기가
초청하지 않아도 찾아와 무심코 향기를 찾는
혼이 빠진 열병에 걸린 사람처럼
무언가 잃어버린 냄새를 쫓아 길을 나섭니다
나뭇가지를 흔드는 우정인가
풀밭에 폴폴 날아다니는 그리움인가
봄의 전령사로 온 사랑인가
그대 체취를 따라 길을 헤맵니다
계절의 문을 여는 개나리꽃의 안내에 따라
청초한 여승을 닮은 사과꽃 숲으로
조팝꽃, 은하수 별꽃 흐드러지게 핀 풀꽃 속으로
세상 모든 사람 취하게 하는
시향詩香을 찾아 발걸음 재촉합니다

민들레꽃 피고 지는 그윽한 풍경 속에
바람처럼 이 봄이 마냥 설레입니다

신의 깊은 뜻

신이 인간에게 두 개의 귀를 준 것은
향기 나는 소리인지
가시 돋힌 소리인지 깊이 헤아려
바르게 구별하라는 뜻이 담겨 있겠지
신이 인간에게 두 귀를 점지한 것은
가슴 아프게 하는 말이나
꿀처럼 달콤한 말을 들으면
한 쪽 귀로 듣고
한 쪽 귀로 흘려버리라는 말씀이겠지
신이 인간에게 두 귀를 달아 준 것은
오른쪽 왼쪽 어느 쪽으로 치우치지 말고
거친 인생의 바다를 잘 헤쳐 가라는 말씀이겠지

신이 인간에게 두 개의 눈
두 개의 귀를 준 것은
혹시 하나로 잘못할 일을
두 개로 번갈아 듣고 보라고
세워 준 뜻이겠지

신의 깊은 뜻

아름다운 욕심

탯줄 자르는 순간 슬픔에 울고
미수의 강 웃으며 사뿐히 건너가는 날
사랑하는 사람 저만치 던져두고
꿈꾸던 푸른 별 사라지겠지
꽃을 쫓는 나비의 날갯짓 멈추겠지
어깨 부딪히며 밀고 당기며 함께 달려온
그리운 이들에게 손 흔들어
안녕이란 말 몇 마디 쓸쓸히 남기고
기억 속에서 점점 멀어지겠지
오지 않아도 될 세상 왔다지만
이렇게 인생을 노래하는 시인이 되어 있으니
한 줌 재되어 바람에 흩날릴 때까지
눈물 나도록 뜨겁게 감사하며 살아야지

허허로운 세상
만인의 가슴 울리는
뭉클한 사랑노래 둥둥 북처럼 소리쳐야지

외로운 섬

함께 등 붙이고 잠자던 형님 내외 분
해보다 먼저 일어나 새벽같이 들일 나가고
빈 마을에 덩그러니
빈 방안에 혼자 버려진 듯 던져져 있다
선잠 깬 아이처럼 멍하게 앉아
좌선에 든 듯 움직일 줄 모르고
무아에 초점 없는 눈길로 허공에 멈추어 있다
바위처럼 땅 속으로 가라앉는 엉덩이
함께 들일 나가지 못하는 죄스러운 마음
태초의 땅, 외로운 섬으로 앉아 있다

내가 언제 어디서 흘러온 뼈다귀인가
내가 나무이던가 바위이던가
나는 숨을 쉬고 있는가 멈추어 있는가
혹 아직도 꿈을 꾸고 있는가
아, 현재라는 이름의 허벅지를 아프게 꼬집어 본다

인디언의 숨소리

콜럼버스가 처음 밟은 아메리카 신대륙
비행기 타고 태평양을 건너서야
비로소 인디언의 숨소리 들을 수 있었다
천길 절벽 아래 아늑한 둥지 틀고
나무로 만든 활로 돌촉을 당겨
삭정이불로 고기 굽는 크로마뇽인
검푸른 입술에 식욕이 줄줄 흐르고 있었다
푸성귀로 하루치의 생을 쌓을지라도
허투로 문명에 배고픈 소리 하지 않고
하늘과 땅 사이 헐벗은 바람으로 살고 있었다
초록을 곱게 엮어 부끄러움 가리고
출렁대는 어머니의 넉넉한 가슴으로
즐거우면 엉거주춤 엉덩춤 신나게 추고
슬프면 가슴 찢듯 눈물로 노래하고 있었다
티 없이 맑고 순결한 영혼으로
눈부신 햇살과 반짝이는 강물의 시를 읊으며
깨달음을 얻은 바위가 침묵하듯
언제나 말이 없는 그랜드캐니언 지킴이 되어
뗏목을 타고 콜로라도 강줄기를 무심히 흐르고 있었다

염소가 웃는 날, 초승달이 아픈 달
내 할아버지와 할머니가 그랬던 것처럼

장미꽃 · 1

점 점 점
뚝 뚝 뚝
아프게 떨어지는
선혈
아, 애달프다
핏방울로 피어나는 그리움
어찌할거나
어찌할거나
불타는 이 마음을
어찌할거나

장미꽃 · 2

아파요
꺾지 마세요
귀에 익은
낮은 목소리
뜨거운 마음 사리어
눈 시리게 바라보네
세상에 다시 없는
고운 꽃
그대 가슴에 타오르는
붉은 그리움

저녁 놀빛 아래 앉아서

하늘이 가슴 붉게 태우는 어스름 저녁
젊은 노인이 바위처럼 넋 놓고 앉아 있던 풀밭
똑같은 그 날 그 시각 그 자리
오늘은 내가 무심히 턱을 괴고 앉아 있다
무성한 미루나무 잎새가 남풍에 춤추는
암사 선사유적지 한적한 뜰에
키 작은 원시인이 남기고 간
손때 묻은 돌도끼, 반달 돌칼, 빗살무늬 토기 같은
아직도 온기가 남아있는 유물을 만져보았다
풀꽃으로 부끄러움 가리고
푸른 빛 감도는 하얀 머리 출렁이며
새들이 속삭이는 비밀스런 얘기 숨죽여 듣다가
말없이 걸어가는 크로마뇽인의 발걸음 보았다
시냇물에 비친 주름진 제 얼굴을 보던 그가
바다같이 넓은 강을 맨발로 건너는 꿈을 꾸는 걸까
그의 눈망울에 비친 아련한 그리움
들판에 곱게 핀 들꽃처럼 조용히 흔들리는 것을 보았다
사천 년 전 할아버지가 앉아 생을 곱씹던 자리
세월은 잠시도 머뭇거리지 마라 등 뒤에서 밀고
그의 노래를 들어 본 적 없는 파란 입술은
그가 바람결에 붙인 방언 같은 주문을 외워 보았다
어쩌면 낯설지 않은 곳에서

전어가 하는 말

찬바람 부는 날 마음 설레어
쓸쓸한 마음 달래려
묵호항 부두로 달려갔더니
고향 잃은 난민처럼 살겠다고
전어 떼가 우글우글 모여들고 있었다
촘촘한 이빨을 갈아 날 세우고
뒷덜미를 누르는 갈매기 무섭다
거미줄 같은 뜰채로 잡아
통째로 고추장에 쿡 찍어 어적어적 씹는
사람의 손길도 무섭다
음식 찌꺼기
동족의 심장 같은 것으로
생을 보듬어 가야겠기에
어시장 하수구에 목매고 살자는데
핏발 선 눈길 먼 곳으로 돌려주오
제발 모르는 척 눈감아주오

천직

늘 하던 일에 대한 게으름이
걷잡을 수 없는 성난 파도로 일어나
죄 없는 바닷가 언덕을 두들긴다
아이들 지저귀는 소리 들으면
물먹은 솜처럼 축 처진 마음도
새털구름처럼 가벼워진다
아이들의 맑은 눈빛이 화살되어
내 마음 깊은 곳에 박히면
잠시 교사의 본분을 잊고
헛되이 흐르는 상스러운 마음
다시 가다듬어 싱그러운 초록빛 물감으로 채운다

세상에 많고 많은 일 가운데
가르치고 배우는 일처럼 성스러운 일 없으리
긴 세월 강물처럼 무심히 흘러
어느덧 이마엔 노을빛 드리우는 시간
아름다운 꽃밭을 다 가꾸지 못하고 떠남이
못내 서운코 서운타

청춘

푸르른 청산에 굽이치며 남고 싶은데

바위에 앉아 쉬고 싶어도
쉴 수 없어 흘러가야 하는 강물처럼
꼭 그렇게 바다로 흘러가는가?

흘러가야만 하는가?

축시

 - 결혼하는 아들을 위한 부모의 기도

은혜로운 인연의 길 돌고 돌아
별빛으로 거룩하게 만난 두 사람
성스러운 기약을 하는 오늘을 축복하소서
새봄에 새록새록 새싹 틔우고
함초롬히 꽃망울 맺히어
소중하게 보듬고 알뜰히 가꾸어 온 열매
아름드리 무성한 큰 잎 나무로 자라게 하소서
기쁘고 행복한 일보다 슬프고 어려운 일
달려가 거두어 보듬고 안아주며
사랑해야 할 깊은 산 하나 가슴에 담고 살아가게 하소서
아픈 자리 먼저 일어나 느끼어 알고
서로서로 외로운 자리 돌볼 줄 아는
뜨거운 마음으로 한 세월 펼쳐 나가게 하소서
푸른 하늘 받아 마시어
찬란한 태양만을 창가에 걸어 놓아
그 햇살처럼 축복이 쏟아지게 하소서
두 사람은 서로 다른 두 몸이었지만
이제 연리지처럼 한 몸 하나 되어
세상에 빛이 되는 부부로 삶을 누리게 하소서
온 누리 훤히 밝히어줄 햇살마루로 살게 하소서

춤추는 바보

오랏줄로 묶은 사람 없는데
철장에 가둔 사람 없는데
굴레에서 벗어나려 몸부림친다
훌훌 옷을 벗어던지고
문 박차고 마당으로 나가
장승처럼 우뚝 멈추어 선다
아, 이제 자유다
두 손 번쩍 들어 하늘 우러르면
시커먼 어둠이 눈 부라린다
눈 질끈 감았다 뜨면
세상에는 처음부터 문이 없는데
스스로 문 하나 만들어 놓고
문 밖의 세상이 그리워
허위적 허위적 춤을 추는 바보가 되었다
불쌍타
불쌍타

나는 왜 나를 벗어날 수 없는가

침묵하는 벤치에 앉아서

바람결에 아리아를 전해 듣던
창포꽃 대궁이가
부끄럼 없이 치부를 드러내고 물살에 누워 있다
청둥오리와 백로의 목쉰 노래가
강으로 바다로 흘러가 이젠 들을 수 없지만
지난여름 우리들이 버린 뜨거운 햇살이
발가벗은 나뭇가지에 걸려 소리치고 있다
버들개지와 개나리는 꿈에 부풀고
태어나 사라져가는 수많은 생령들이
가시를 품은 꽃샘추위에 떨고 있다
살아가면서 영원토록 주소가 없는 철새들은
이제 어디로 가서 안부를 물어야 하나
그들의 온기를 찾아 풀숲을 거닐다
돌아서 가면 등 뒤에서 봄을 기다리는 나무
마른 풀들의 웅성거리는 소리
바람결에 은은히 들려오고
함께 걸을 수 없는 잉어 떼가
제 길 가는 물을 붙들고 꿈벅이고 있다
내 작은 사랑으로 이 싸늘한 벚꽃길 덥힐 수 있다면

성내천 물길 따라 무심히 걷던 걸음 멈추고
봄꽃들이 입 맞추어 부르는 합창소리를 듣고 있다

침묵하고 있을 때

눈 지그시 감고
터널 속을 달리다보면
입술이 가려울 때가 있다
입술은 진실을 위해 열어야 하지만
누군가 붙들고
무엇인가에 대해 진솔하게
하고 싶은 말
훌훌 털어내고 싶을 때가 있다
투정이라도 좋고
실랑이라도 좋고
잠꼬대라도 좋은 말
그 말이 하고 싶을 때가 있다

입 다물고 있으면
답답타
답답타

파도 소리

바다를 가까이 불러 세워
회초리로 통통한 종아리를 만졌다
바다는 아이처럼 아프다 울었다
소리 낮추라 더 세게 사랑으로 만졌다
거품을 물고 미친 듯 울었다
시퍼렇게 멍든 다리를 슬퍼하면서
분하다 더 큰 소리로 몸부림치며 울었다
바다는 세월 가도 그칠 줄 모르고
서럽게 서럽게 울었다

아비도
넋 놓고 바닷가에 앉아
서럽게 울었다
이 놈아
이 놈아
네가 아프면
아비는 더 아프다

행복한 시간이여 화석으로 멈추어 다오

은행나무가 저만치 걸어오면서
국화꽃처럼 노랗게 말을 건다
오솔길에 구르는 낙엽을 밟으며 걷다가
그대와 입 맞추어 노래하는 숨결
풀잎처럼 가늘게 마음 설렌다
흘러가는 흰 구름에 손 흔들어주고
노을 붉게 물들어 그대는 아름다워라
바라보면 볼수록 더욱 더 아름다워지는 사랑
마주치는 눈길에 끝없이 일렁이는 행복이어
이대로 멈추어다오
행복한 시간이여 화석으로 멈추어다오
멈추어 가슴속 깊이 새기어 남아다오

민들레, 민들레꽃 하리부르면
그리움으로 다가오는 금빛메아리
눈 총총타, 귀 쟁쟁타~

詩의 숲길을 걸으며

포 공 영

- 시어를 찾는 게 쉬운 일이 아니다.
- 좋은 시어를 선택하려면 아직도 갈 길이 멀지만 나의 눈
  높이로 그렇다는 얘기이다.
- 독자들도 그런 눈으로 제 시의 잘못된 점이 보일 때 지
  적해 주시면 흔쾌히 받아 새롭게 변신할 자세가 되어있
  다. 이상하게 내 눈에는 안 보이는 오자나 탈자도 남이
  보면 잘 보이는 게 출판의 신비로움이 아닐까?

詩의 숲길을 걸으며

포 공 영

일월여시日月如矢이라 했던가. 세월이 참으로 빠르다는 것을 모르는 바 아니지만, 교직생활을 떠나고 난 뒤에 더욱 빠르게 지나가는 시간을 보면서 세월이 쏜 화살처럼 무심히 날아가고 마는구나 하는 무상함을 느낀다.

이럴 때에 가는 세월을 붙잡아두고 곡차나 한 잔 하면서 좀 놀다 가시라고 여유를 건넬 수 있는 방법이 없을까 생각해보니 역시 '시詩' 밖에 없다는 생각이 드는 것은 어인 일일까?

시는, 한 사람이 태어나 자라고 살아간 그 사람의 일생의 가장 근본인 마음의 고향이기 때문이다.

세상에서 가장 슬픈 사람은 고향을 잃은 사람들이다.

그래서 오늘도 밤을 새워 불면의 시간을 보내며 시를 호롱불처럼 내 작은 방안에 모시고 마음을 환히 비추어

주길 바라며 살고 있다. 세상에 차가운 것들을 막아주고 내 마음의 고향을 밝혀 따뜻하게 해 주기 위하여 오늘도 시를 쓴다.

시는 무엇이던가?
작은 것을 크게 보게 하는 열린 눈을 뜨게 하는 것이며, 좁은 공간을 넓게 보는 통각痛覺의 가슴을 갖게 하는 것이 아닐까?
시를 쓰면서 작고 하찮은 것들의 귀중함을 본다. 길가에 여기저기 흩어져 있는 돌, 산등성이에 마구 피어 흔들리는 진달래꽃, 들녘에 아무렇게나 피어서 다소곳이 사는 민들레의 고맙고 눈물겨운 모습을 본다.

시를 쓰면서 또한 무엇을 느꼈던가?
내 자신의 편협한 공간을 떠나 저 먼 우주 끝에서 들려오는 끝별의 울림소리를 듣고 있음을 알았다.
시끄러운 인터넷의 잡스런 이야기들 속에 있으면 절대 별들의 이야기는 들리지 않는다. 고요히 맑고 깨끗한 마음으로 책상 앞에 앉아 턱을 괴고 깊이 침잠자숙沈潛自肅의 시간이 있어야 마음속에 가만히 별은 뜬다.
하여, 고맙게도 운명의 여신 클로토, 라케시스, 아트로포스가 짜는 모이라이의 생각에 따라 내몸과 영혼을 그에 맡겨 흘러가는데, 길가에 철없이, 뜻 없이, 보잘 것 없이 피어 있는 민들레가 내 마음을 이렇게 깊고 아프게 휘어잡을 줄 누가 알았으랴! 그것을 보게 한 신에게 감사드린다.

그래서 그런지 언제나 내 가슴은 온통 축복처럼 노오랗게, 하얗게 민들레꽃이 무성히 피고 있다.

그래서 모두 민들레꽃의 노래를 부르고 싶은 것이다. 욕심 없이 누가 와서 놀아도 뭐라 하지 않고 넉넉히 웃을 수 있는 내 마음의 뜨락에 세상 사람을 모시고 싶은 것이다.

풀숲에서 낮게 흔들리는 것은
무슨 까닭입니까?
끓는 가슴 초록으로 잠재우고
두둥실 구름꽃 피워
눈물로 풀어놓는 것은 무슨 까닭입니까?
땡볕을 견뎌내며
먹구름을 견뎌내며
어머니처럼 제 삶을 값없이 내려놓는
저 고결한 비움은 누구를 위한 시입니까?
아, 그것은 없어도 넉넉한 사랑
빈 가슴으로 부르는 민들레의 노래입니다

세월 가도 그칠 줄 모르는
풀숲의 세레나데입니다

— 「민들레꽃 · 1」 전문

존재의 무게가
천근은 되어야 하는데
백근은 되어야 하는데
서근은 되어야 하는데
몸과 마음을 다 합쳐도 한 근도 안되는 사람
생각하는 것도 너무 가볍고
처신하는 것도 너무 가볍고 가벼워
흘겨보는 눈길에 풀잎처럼 떨립니다
머리카락 흔드는 실바람에도
이리저리 넋 놓고 출렁입니다
나는, 나는 뜨거운 세상
노래하고 춤추는 삐에로

- 「민들레꽃 · 14」 전문

이렇게 나의 무게가 너무 가볍기에 소박하고 겸손하고, 고결하고 강인하게 비울 줄 아는 마음을 닮고 싶어 나는 민들레를 좋아하나 보다.

넓은 벌 동쪽 끝으로
옛이야기 지줄 대는
실개천이 휘돌아나가고
얼룩배기 황소가
해설피 금빛 게으른 울음을 우는 곳

-중략

흙에서 자란 내 마음
파아란 하늘빛이 그리워
함부로 쏜 화살을 찾으려
풀섶 이슬 함추름 휘적시던 곳
– 정지용 「향수」 중에서

이렇게 이 뜨겁고 눈물겨운 고향 들녘을 거닐고 싶어 나는 시를 쓰는 것이다.

물론 정통파 시인들의 시 정신까지야 아직 도달하진 못했지만, 그래도 그 주변에 서성이며 그 분들이 맺어 놓은 시의 열매를 바람처럼 *끄덕끄덕* 흔들어 볼 줄 아는 심미의 눈을 갖고자 하는 것이다.

"언제나 거기 서 있으면 고운 꽃밭이 될 것 같아서
홀로 언덕에 나와 서 있는 소녀처럼"

"눈물 속에 일렁이는
그리운 당신의 금빛 찬란한 얼굴"

"햇빛의 웃음을 먹고 사는
허허로운 풀꽃"

"아무런 혜윰 없이 피고 지는 풀꽃으로
아무렇게나 피어있어도

다소곳이 비우고 사는 들꽃처럼…"

"누구나 홀로 왔다
홀로 가는 길 앞에서-"
- 「민들레꽃」 중에서

세상을 살면서 별의 별 희한한 사람을 다 만나 짐승만
도 못하다고 생각할 때가 있지만, 참고 또 참아 낼 때가
많은 것이 다음과 같은 시를 쓰게 된 연유이다.

차가운 땅속 깊이
곧은 지조 내리고
꽃피울 날
차분히 설레는 마음
눈이 온들 어떠리
눈보라인들 어떠리
인고의 나날도 힘겹지 않으리
가슴 벅찬 꿈 하나
싱싱하게 푸르기에
강철 추위도 꿋꿋이 견디어 내리라
따뜻한 봄날 안으려
푸른 손 모아 기도하리라
- 「민들레 · 6」 전문

도저히 참을 수 없어 뛰쳐나오는 것은 인내가 아니다. 참을 수 없는 것을 참아야 인내인 것이다. 그래서 조국을 되찾고자 굳은 의지로 손가락을 잘라 '인내'라 쓴 후 강하게 '탁!' 하고 수인을 찍던 안중근 의사의 정신이 가슴을 여미게 하는 것이다.

민들레에게서 안중근의 인내를 배워서 졸시 「민들레 · 6」을 쓴 것이다.

특히 「마음의 창을 열고 세상을 보라」에서 "살구꽃들이 입 모아 하얀 튀밥처럼 흐드러지게 웃고 있다"는 표현을 어렵게 써 낸 후 큰 희열을 느꼈다. 살구꽃을 뭐라 표현해야 가장 살구꽃다운 시를 쓸 수 있을까 고민하다가 '튀밥같이 화안하고 따뜻하고 아련한' 언어가 없다는 생각으로 무릎을 탁치며 점정點睛을 했던 것을 기쁘게 생각한다.

사실 시어를 찾는 게 쉬운 일이 아니다.

좋은 시어를 선택 하려면 아직도 갈 길이 멀지만 나의 눈높이로 그렇다는 얘기이다.

독자들도 그런 눈으로 제 시의 잘못된 점이 보일 때 지적해 주시면 흔쾌히 받아 새롭게 변신할 자세가 되어있다. 이상하게 내 눈에는 안 보이는 오자나 탈자도 남이 보면 잘 보이는 게 출판의 신비로움이 아닐까?

「모든 생은 소중하고 아름답다」는 시에서 표현하고자 한 바는 작은 미생물일지라도 생명의 소중함을 말하고자 함이었다.

누렇게 주름 잡힌 책을 읽다가
행간에 유성처럼 흐르는 까만 점 하나 있어
돋보기로 가까이 다가가
어디서 오신 뉘신지 물어 보았다.

써 놓고 보니 나도 모르게 경외감 들었고 작은 미소 흘렀다. 나도 이쯤이면 골계미는 있구나 하는 자흥감自興感을 가지면서-. 이런 것이 시의 매력이 아닐까 생각하면서 시 쓰기의 즐거움을 느껴본다.

사실 책 속에 기어가는 점 하나 작은 미물이지만 함부로 죽일 수 없었다. 그가 나일 것이라는 생존의 절박함이 순간 들었기 때문이다.

지구상의 그 모든 생명체는 모두 소중하다. 왜냐하면 모든 생물과 무생물은 모두 한 번 태어나서 생로병사 혹은 생주이멸의 과정을 거쳐 한 번 죽음으로 그 생이 끝나는 일회성의 삶을 살고 유일무이한 존재이기 때문에 더욱 그렇다.

그렇듯 우리는 언젠가 돌아갈 별이며, 우리는 언젠가 흩어질 존재이지만, 민들레꽃이 가볍게 우리들에게 손인사해 주기에 인생이 서글프고 안쓰럽고 소중하게 살고 싶은 것이다. 이 소중함을 혼자 갖고 살기에는 저녁노을이 너무도 측은해 시를 알고, 음악을 알고, 벗을 알고, 그리

움을 아는 사람을 찾아 나는 또 배낭을 메고 산으로 나서
는 것이다.

산에는 혹시 산을 닮은 사람이 오지 않을까하여, 구름
을 닮고 푸른 하늘을 닮은 고운 눈매의 사람을 만날 수 있
을까 하여

검은 콩밥을 너무 오랫동안 먹었다
그래서 그런지
얼굴도 흑인처럼 까맣다
-중략-
이젠 검은 콩 뿐 아니라 검은 깨도 그만 먹고
빨간 장미꽃 밥을 먹어야 겠다
그러면 내 마음 꽃처럼
꽃처럼 빨갛게 밝아오겠지

－「빨간 장미꽃 밥」 중에서

'꽃 밥' 이란 이미지가 너무 좋았다. 마치 사과라고 하
는 것보다 '능금' 이라고 표현하면 마음에 화안히 동터오
는 것처럼…….

시는 그래서 멋있다. 한 마디의 말로 태산을 쌓을 수 있
으며, 또한 한 마디의 말로 태산을 무너트릴 수 있는 마력
이 있는 것이다.

한 번 더 지독하게
마음 아픈 금이 가야 한다
번개가 우르르르릉 쾅쾅
허공을 가르며 쪼개어져야
존재의 문이 열리리라

– 「생명의 탄생」 중에서

병아리가 알을 깨고 나와야 생명이 된다. 그것을 줄탁동기啐琢同機라 한다. 깨지 않으면 암흑에 갇혀 그대로 계란 후라이로 되고 말 뿐이다. 계란 후라이로 변해 사람의 입으로 들어가 그 사람의 생명을 받쳐주는 제 2의 생명의 인자가 될 수 있어도 스스로 존재를 아는 생명이 되질 못한다. 우리는 태어났지만 태어난 게 아니다 미망 속에 갇혀 있는 우리의 두뇌를 깨우쳐야 한다. 그것이 불경에서 말하는 깨달음이다.

「생은 무겁고 여전히 아름답다」는 시에서 표현했듯 "생은 숭고하다, 생은 짧지만 뜨겁고 깊기 때문"이다.

우리가 살아가고 있는 것이 정말 잘 살아가고 있는 것일까?

나는 숨을 쉬고 있는가 멈추어 있는가
혹 아직도 꿈을 꾸고 있는가

아, 현재라는 이름의 허벅지를 아프게 꼬집어 본다

–「외로운 섬」 중에서

　시는 서정의 밑바탕에 철학의 무게가 받쳐줘야 그 시가 더 아름답다고 생각한다. 마치 단단한 흙 위에 뿌리박은 나무가 비바람에 뽑히지 않고 견디어 낼 수 있듯이 필자도 철학적으로 깊어지고자 불교학에 입문하여 공부를 해 보니, 불교가 현대철학과 접목되는 무서운 학문임을 깨달았다.

　'현재 있음' 존재의 의미는 하이데거의 '현 존재'를 말하고 있음이다.

숟가락 곁에 젓가락 앉듯
풀 곁에 풀이 앉는다
바위 곁에 바위가 서듯
나무 곁에 나무가 선다
하늘과 땅 사이
짝을 이루지 않는 것은 없다
짝을 이루지 않고 존재하는 것은 없다
ㅅ 곁에
ㅜ 가 누워야 하듯
민들레가 그리운 민들레는
민들레 곁에 눕는다

–「민들레꽃 · 12」 전문

우리의 존재는 투기投棄된 존재이다. '버려졌다' 기보다는 '내버려 둔' 것이다. 그 내버려 둔 것이 우연인가 필연인가의 문제로 이어지고, 그 연원을 좇아가면 불교의 연기로 이어진다.

색즉시공色卽是空, 공즉시색空卽是色의 신비가 현대 철학과 물리학에 나타나더니 그게 불확정성원리로 정립되다니…….

시를 쓴다는 것이 세상의 이치를 아는 계기가 될 줄이야…….

민들레꽃처럼 '포공영'이라는 이름은 세계에 우연히 또는 필연으로 던져진 존재, 그래서 우울한 것이고 우울해서 허허허로이 웃는 것이다. 그리고 열심히 즐겁게 뜨겁게 사는 것이다.

시지프스의 숙명처럼 나는 나를 벗어날 수 없지만 '바위를', '나를', '시를' 묵묵히 산꼭대기로 밀어 올리고 또 밀어 올릴 것이다.

> 누구라 꼬집어 부르는 이름
>
> 살갗의 색깔마저 제각각이지만
>
> 검은 하늘 'ㅡ'과 누런 땅 'ㅡ'
>
> 이슬 같은 사람 'ㅣ'
>
> ㅗ 짜로 손잡아야 사는 운명
>
> － 「민들레꽃 · 13」 중에서

산마루에 뜨고 지는 별처럼

그렇게 한 세상 살고 싶다

아무런 혜욤 없이 피고 지는 풀꽃처럼 살고 싶다

아무렇게나 피었어도

다소곳이 비우고 사는 들꽃처럼

바람이고 하늘이며 꽃피워 살고 싶다

-「민들레꽃·18」 중에서

옛것에서 많이 나타나고 많이 볼 수 있는 선비의 풍류와 어울림으로 시로써 세상을 넉넉히 유유히 자족을 배워 청산처럼 푸르게 살고 싶다. 청산 위에 뜬 별처럼 푸르게 반짝이고 싶은 것이다. 햇빛의 웃음을 먹고 사는 풀꽃처럼 살고 싶다고 한 것이다.

이 세상에 와서 우리는 무엇을 가졌다 하고 무엇을 얻었다 하겠는가? 깨고 나면 모두 허황된 꿈인 것을-, 인생이 어차피 꿈이라면 좀 더 아름답고 멋진 꿈을 꾸는 게 낫지 않을까?

바슐라르가 『몽상의 시학』에서 꿈을 꾸라고 시인과 세인世人에게 주지시켜 주듯이 되도록 많은 꿈을 꾸기 위해 나는 사색하고 시를 쓰며, 음악을 들으며, 숲길을 걸으려 한다.

꿈을 꾸기엔
양지쪽 햇살이 따스하게 내리는 언덕이 좋다
꿈을 꾸기엔 아내의 봉긋한 두 마음 산이 좋다
꿈을 꾸기엔 아들 녀석
세상 올바른 길 안내하는
법관의 인간다운 길녘이 좋다
꿈을 꾸기엔 나 혼자만의 등불을 켤 수 있는
두 평 남짓 책상 앞 서가가 좋다
자연 속에서, 사람 속에서
흐름 속에서 마음을 닦으며

바다에는 진주가 있고
하늘에는 별이 있다
그러나 내 마음, 내 마음, 내 마음에는
민들레꽃처럼 사랑이 꽃피고 있다

2012년 5월
민들레 뜰에 앉아서
포 공 영 識

인지생략

over a wall
poetry
15

민들레, 민들레꽃 하고 부르면
그리움으로 다가오는 금빛 메아리
눈 총총타, 귀 쟁쟁타

2012년 5월 10일 초판 1쇄 인쇄
2012년 5월 15일 초판 1쇄 펴냄

지은이 | 포공영

펴낸이 | 송계원
디자인 | 송동현
펴낸곳 | 도서출판 담장너머
등   록 | 2005년 1월 27일 제2-4102
주   소 | 100-272 서울시 중구 필동2가 84-10, 105호
전   화 | 02-2268-7680
팩   스 | 02-2268-7681
이메일 | overawall@hanmail.net

2012 ⓒ 포공영

ISBN 89-92392-25-9 03810
값 8,000원